MES
ADIEUX AU MONDE
ET A LA SOCIÉTÉ D'ARCHÉOLOGIE,

Pièce lue dans la Séance publique annuelle
du 22 Mai 1841,

par M. Eugène Castillon de St-Victor,

Chevalier de l'Ordre de St-Jean-de-Jérusalem.

A Avranches,

CHEZ E. TOSTAIN, IMPRIMEUR-LIBRAIRE, RUE DES FOSSÉS.

—

M DCCC XLI.

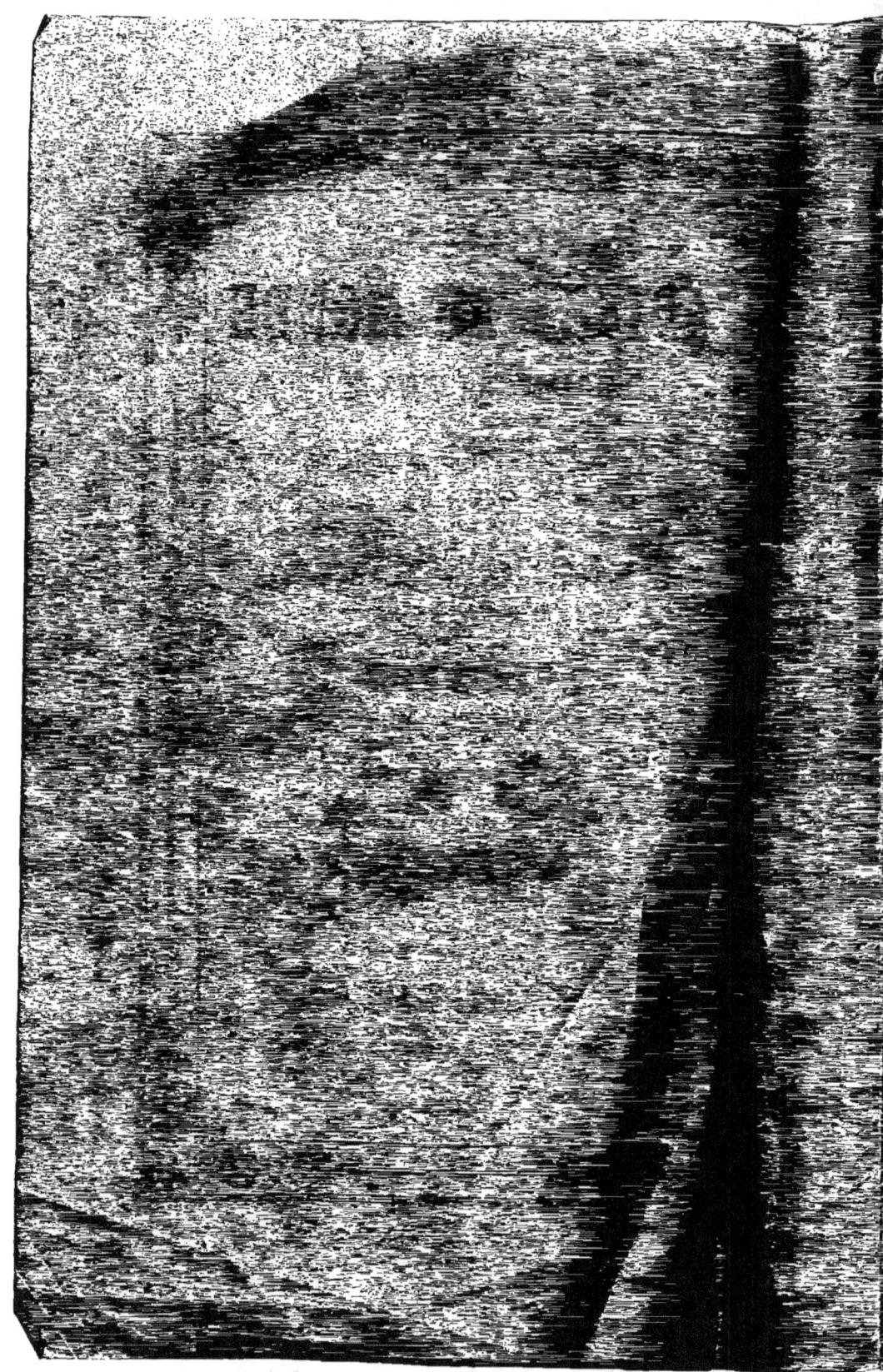

———— ❧❀❧ ————

Mes Adieux au Monde.

———— ❧❀❧ ————

MES
Adieux au Monde

ET A LA SOCIÉTÉ D'ARCHÉOLOGIE,

Pièce lue dans la Séance publique annuelle
du 22 Mai 1841,

par M. Eugène Castillon de St-Victor,

Chevalier de l'Ordre de St-Jean-de-Jérusalem.

A Avranches,

CHEZ E. TOSTAIN, IMPRIMEUR-LIBRAIRE, RUE DES FOSSÉS.

—

M DCCC XLI.

22 Mai 1841.

MES ADIEUX AU MONDE.

Eheu ! fugaces, Postume, Postume,
Labuntur anni :..........
Linquenda tellus, et domus, et placens
Uxor ; neque harum, quas colis, arborum
Te, præter invisas cupressos,
Ulla brevem dominum sequetur.
—Honat. — Od. xi. Lib. ii. —

oixante-dix hivers ont pesé sur ma tête,
Mon long pélerinage est bientôt accompli;
Et la sagesse dit qu'il faut que je m'apprête
A passer le fleuve d'oubli,
Que n'agite plus la tempête.

Le voyage est fini, le navire est au port,
L'ancre a touché le fond, les voiles sont ferlées,

Il n'ira plus sur les ondes salées,
Braver les vents et défier le sort.
Lorsque, fatigué de la plage,
Il s'élança de ses chantiers
Aux cris joyeux des mariniers,
Pour gagner son premier mouillage;
Lorsque, fier de sa voile et de ses mâts altiers
Il traça son premier sillage,
Le ciel serein et sans nuage
Semblait sourire aux nautonniers;
Mais hélas! lorsque l'équipage,
N'a pour guider ses évolutions,
Que la Folie et sa marotte,
Pour boussole les passions,
La présomption pour pilote,
Il est trop certain que l'orgueil
Devra, dès le premier orage,
Le pousser d'écueil en écueil,
Et le dévouer au naufrage:
Cependant, plus heureux que sage,
Après avoir follement louvoyé,
Tantôt en route, et tantôt fourvoyé,
Oubliant trop, dans sa course sauvage,
Celui qui l'avait envoyé,
Il put regagner le rivage;
Mais que je crains l'instant fatal,
Où, touchant au dernier ancrage,
Il lui faudra dérouler son journal
Et rendre compte du voyage!

On veut en vain retarder ce moment,
Chaque jour ajoute à notre âge,

Chaque heure opère un changement,
Chaque seconde amène au dénoûment,
Et le rapproche davantage;
Et l'on arrive à ce triste passage,
Que franchissent également,
Le fou, le sot, le savant et le sage.

En vain tant de joyeux printemps
M'ont, tour à tour, fait asseoir à leur fête!
En vain, pour conjurer le temps,
De leurs fleurs je parai ma tête!
Hélas! les plus brillantes fleurs
N'arrêtent pas le temps;.... il flétrit leurs couleurs,
Il les effeuille d'un coup d'aile,
Précipite le cours des ans,
Et sa main prodigue et cruelle,
Sema mon front de cheveux blancs.
Déjà l'impuissante vieillesse,
M'acheminant aux sombres bords,
Ne permet plus à ma faiblesse
Qu'un chant plaintif et de mourans accords.

En approchant des bornes de la vie,
Sans crainte et sans orgueil, il faut nous apprêter,
Et nous résigner à quitter
Tout ce qui l'avait embellie,
Tout ce qui la fait regretter.
Mais combien la raison est lente
Quand il s'agit d'abandonner
Ce théâtre où tout nous enchante,
Ce monde séduisant, cette foule brillante,

Où nous voulons encor plaire et tourbillonner!
   Et ces salons!... cette danse animée,
     Qui séduit et fait soupirer!
   Et cette atmosphère embaumée,
     Qu'on voudrait toujours respirer!

     Quittez le monde, a dit un sage,
      Avant qu'il ne vous ait quitté;
  Brisez sa chaîne et son dur esclavage,
      Reprenez votre liberté;
  Peut-être alors, de ce monde volage
      Recueillerez-vous le suffrage,
  Peut-être alors, serez-vous regretté.
     Il est despote et tyrannique
     Pour ses amis les plus fervens;
     Il est exigeant et caustique,
     Et sous les dehors indulgens
     D'une charité sympathique,
     Son impitoyable critique
     Déchire toujours les absens;
  Et quand on voit la vertu, la sagesse,
La modeste beauté, les plus touchans attraits,
  L'adolescence et l'aimable jeunesse
     Échapper à peine à ses traits,
     Que peut espérer la vieillesse?
Ces futiles plaisirs, qu'on prend pour le bonheur,
     Passent rapides comme l'onde,
   Et sont cotés à la bourse du monde
     Bien au-delà de leur valeur.
     Ainsi nous disait le vieux sage,
  Et je croyais que, pour moi, son langage

N'était pas encor de saison ;
Mais la goutte aux douleurs ignées
M'a prouvé, mieux que les années,
Que le vieux sage avait raison.

Le voyageur, poussé par son génie,
Pour s'arracher à la monotonie,
Ou contenter un désir curieux,
Veut explorer ces riens, ces fragmens précieux,
Vains souvenirs de l'antique Ausonie,
De l'Attique et de l'Ionie,
Et juger de tout par ses yeux.
Pour visiter tant de débris pompeux,
Il part, arrive au gré de son envie,
Et devant ces restes poudreux
D'une grandeur évanouie,
Il s'incline respectueux,
Repart soudain, et leur fait ses adieux ;
Regrettant un peu la folie
Qui lui fit prendre tant de soin
Pour satisfaire une manie
Qui, pour si peu, l'avait mené si loin.....
En voyage, en adieux il a passé sa vie.

A mon tour je veux l'imiter.....
Lorsque l'on a cessé de plaire,
Lorsque le cœur cesse de palpiter,
Que le départ est nécessaire,
Voyageurs d'un jour sur la terre,
Un adieu doit-il nous coûter ?.....

Adieu, muse que j'ai servie,
Adieu désormais sans retour ;
A regret je quitte ta cour
Qu'avec ivresse j'ai suivie.
Adieu, sublime Poésie,
Dont l'éclat m'avait enchanté,
Déjà, du flambeau de ma vie,
La lumière pâle et ternie
Me dit qu'avec rapidité
J'avance vers l'éternité,
De ne plus caresser un songe
Dont je connais la vanité,
Et d'abandonner le mensonge
Pour l'immortelle vérité.

Adieu, beaux jours de la jeunesse
Si rapidement éclipsés ;
Adieu, riants plaisirs, amis, joyeuse ivresse,
Projets de l'âge mûr et rêves insensés
Dont aucun ne se réalise ;
Ambition qui nous maîtrise
Jusqu'au moment où nos sens sont glacés,
Tu repais notre convoitise
De cent folles illusions,
Grandeur, éclat, faveurs, richesses,
Et la moindre de tes promesses
Nous fait rêver des millions !
On t'adore, on te divinise,
Avec l'ardeur des passions
Et la candeur de la sottise,

Sans songer aux déceptions!
Hélas! ta trompeuse chimère
Durant six lustres m'a bercé,
Et j'ai vidé la coupe amère
Du poison que tu m'as versé.

Quelle est donc, direz-vous, cette immense carrière
    Que vous prétendiez parcourir,
Pour en vouloir à la nature entière,
    Accuser la fortune altière
    D'avoir brisé votre avenir!
    Vous a-t-on fermé la barrière?.....
    A-t-on refusé de l'ouvrir
    A votre humeur aventurière?.....
    Une jeune et riche héritière
    Se refusa-t-elle à vos vœux?.....
    Beauté capricieuse et fière,
    Espérait-elle trouver mieux
Pour rejeter ainsi votre prière
Et fuir l'appât de la séduction?.....
Que fallait-il à votre ambition?
    Principauté!... royaume!... empire!...
Il faut au moins d'aussi nobles projets
    Pour justifier autant d'ire,
    Dans la muse qui vous inspire
    Tant d'amertume et de regrets!

    Non, jamais un pareil délire
Ne vint troubler mon âme ni mes sens;
    Jamais je n'aurais pu, sans rire,
Voir des flatteurs me prodiguer l'encens:

D'ailleurs, toujours je sus bien me comprendre,
Et l'étude jamais chez moi ne révéla
L'art de régner....., et je conclus de là,
Car dans ce monde il nous faut tout apprendre,
Que peu de gens savent ce métier-là.

Vous dont je subis la censure,....
Avez-vous sondé ma blessure?.....
Pourquoi seriez-vous étonné,
Ne connaissant pas mon allure,
Du langage passionné
Dont je plains ma mésaventure?
Permettez-donc, censeur banal,
Au malheureux un innocent murmure,
Surtout s'il est dans sa nature
De crier haut au moindre mal.
Chacun ressent à sa manière
Peines de cœur, peines d'esprit,
Et la douleur est une créancière
Qui ne nous fait jamais crédit.
Le malheur n'épargne personne,
Chaque souffrance a son cachet;
Le jeune enfant perd un hochet,
Le potentat une couronne;
L'un pleure et gémit, l'autre tonne;
Et selon moi le vain colifichet
Mérite autant de regret que le trône.

Mais, à quoi bon tant de lenteurs!....
Je n'eus jamais la fâcheuse pensée,
Si commune aux méchans auteurs,

De fatiguer mes auditeurs
Des détails de mon odyssée.
Que leur importe de savoir
Que mon existence agitée
Fut, tour-à-tour, tristement ballottée
Du noir au blanc, du blanc au noir;.....
Qu'enivré des prix du collége,
Où l'on se plut à vanter mes progrès,
D'un vain orgueil j'éprouvai les accès
Et crus avoir le privilége
D'arriver à tous les succès;.....
Que tout mon savoir fut stérile
Dans les bureaux des administrateurs,
Et que j'appris à leurs admirateurs,
Que Cicéron, Phœdre, Horace et Virgile,
Étaient de pauvres protecteurs;.....
Qu'avide d'honneurs et de places,
Je courtisai des gens de bien,
Dispensateurs des faveurs et des grâces,
Et que je n'obtins jamais rien.

Mais ici-bas tout se balance;
Combien j'ai vu d'esprits supérieurs,
Pleins d'avenir et d'espérance,
Gens d'action, hardis solliciteurs,
Rêvant le bonheur de la France,
Ne rencontrer aucune chance
Qui pût les faire arriver aux honneurs,
Et prendre leur coin par puissance!
Pour adoucir mon désappointement,
Je me casai modestement
Parmi ces victimes si fières

Dont on dédaigna le talent,
Dont on repoussa les prières ,
Et déplorai sincèrement,
Qu'un aveugle gouvernement
Se privât de tant de lumières.
Vous le voyez, c'est prendre un bon parti;
C'est bien envisager la chose,
Et l'amour-propre à la plus haute dose
Ainsi se trouve garanti.

Pardonnez, je m'égare encore ,
Revenons aux tristes adieux,
Parler de soi rend oublieux,
Peut-être la prochaine aurore
Nous retrouverait en ces lieux.

Adieu, Réunion chérie
D'amis indulgens et choisis,
Qui de notre antique Neustrie
Ressuscitez les vieux débris ;
Adieu !.....—Désormais inutile,
Je ne pourrais , d'un vol débile,
Suivre l'essor de vos jeunes aiglons,
Dont l'aile, élégante et facile,
Devance les vifs aquilons :
La science la plus subtile,
Pour eux n'a plus de secret trop profond ;
Et déjà, sous leur main habile,
Le sol ingrat devient fécond.
Loin d'eux il faut que je m'exile ;
Mon labeur, devenu stérile,

Ferait avorter la moisson.
Branche pour jamais défleurie,
Sur l'arbre je ne puis rester,
Triste abeille, à l'aile engourdie,
La ruche doit me rejeter.

Et vous, anciens amis que j'aime,
Qui, malgré mon infirmité,
Vous montrâtes AMIS QUAND MÊME,
Et visiteurs pleins de bonté,
Dont on a perdu la facture;
Souvenez-vous, je vous conjure,
Qu'au haut du mont des ABRINCATUI
Il existe, encor aujourd'hui,
Un simple et modeste ermitage,
Où rarement ose aborder l'ennui;
Vous y verrez souffrir avec courage
Un philosophe bien goutteux,
Que la douleur a rendu sage
Et que l'amitié rend heureux :
Vous pourrez y voir, par vos yeux,
Que, malgré la goutte ennemie,
On peut avoir de doux loisirs;
Et que la clémence infinie
Du Dieu dont la main nous châtie,
Ménage encor quelques plaisirs
Au crépuscule de la vie.

Venez souvent, faute de mieux,

Vous reposer auprès du vieil ermite,
Qui recevra, toujours joyeux,
L'aumône de votre visite,
Jusqu'au moment des ÉTERNELS ADIEUX.

Avranches. — Impr. de E. Tostain.

www.ingramcontent.com/pod-product-compliance
Lightning Source LLC
Chambersburg PA
CBHW061412170626
46811CB00005B/1967